jozias benedicto

escritor e artista visual nascido em São Luís, vive e trabalha no Rio de Janeiro. Pós-graduado em Literatura, Arte e Pensamento Contemporâneo pela PUC-RJ. Publicou os livros de contos *Estranhas criaturas noturnas* (2013, finalista do Prêmio Sesc de Literatura) e *Como não aprender a nadar* (2016, Prêmio Governo de Minas Gerais de Literatura. Em 2018 recebeu premiações pelos livros de contos ainda inéditos *Um livro quase vermelho* (Fundação Cultural do Pará) e *Aqui até o céu escreve ficção* (Governo do Estado do Maranhão). Teve contos publicados nas antologias *Sábado na Estação* (2012, organizada por Luiz Ruffato) e *Contágios* (2016, organizada por José Castello). Em artes visuais, entre outras mostras, participou da XVI Bienal de São Paulo. *Erotiscências & embustes* é seu primeiro livro de poesia.

EROTISCÊNCIAS & EMBUSTES

jozias benedicto

editora Urutau
primeira edição
2019

editora Urutau

rua adolpho arruda, 41
jardim das laranjeiras 12910 455
bragança paulista-sp
brasil

[+55] 11 948 592 426

contato@editoraurutau.com.br
www.editoraurutau.com.br

[EDITORES]
tiago fabris rendelli & wladimir vaz
[REVISÃO]
davi araújo
[DIAGRAMAÇÃO]
victor prado
[CAPA]
wladimir vaz

Dados Internacionais de Catalogação
na Publicação (CIP) — Vagner Rodolfo da Silva CRB-8/9410

B463e benedicto, jozias
erotiscências e embustes / jozias benedicto. — bragança paulista, sp: urutau, 2019. 76 p.; 14cm x 19,5cm.

ISBN • 978-85-7105-107-2

1. Literatura brasileira. 2. Poesia I. Título.

CDD 869.1
CDU 821.134.3(81)-1

sumário

Estavam apaixonados pela liberdade.

Georges Perec, *As coisas*

Incultas produções da mocidade
Exponho a vossos olhos, ó leitores:

Bocage, *Proposição das rimas do poeta*

prefácio

por Félix Alberto Lima[1]

Jozias Benedicto chega pisando firme no terreno da poesia como um astuto veterano de guerra, cabelos grisalhos e pele calejada por tumultos psicológicos e recorrentes batalhas interiores, sem vencedores ou vencidos. Com seu fuzil azul imaginário, exorta versos na direção de almas que se desassossegam facilmente no redemoinho das paisagens urbanas — de imagens noturnas, algumas delas deliberadamente nubladas; outras, esquartejadas no centro da página.

Erotiscências & embustes, o livro de estreia na poesia de Jozias Benedicto, é a inevitável dilatação sonora de seu extenso e premiado inventário de contos. Os poemas aqui reunidos são quase contos quase prontos, quase coitos. Meio confessionais, meio fotográficos, feito bichos-grilos cantantes e cortantes.

A poesia de Jozias Benedicto não é uma receita de erotismo urbano, da posologia de prateleira do sex-shop. É o corte não-linear na própria carne do autor. É o corpo em movimento, inquieto, agressivo, trágico, lascivo. *Erotiscências & embustes* é também o impulso político antipanfletário que dialoga com diferentes armadilhas da literatura, inclusive com a poesia.

[1] Escritor e jornalista, membro da Academia Maranhense de Letras.

O corpo, para o poeta, é quase um cão sem dono, um pedinte no meio da alegoria das ruas, porque, como consta na alquimia do verso, "meia vida nunca". A poesia de Jozias Benedicto não tem pudor, mas pendor por aquilo que é intenso: às vezes doloroso, de uma ressaca bruta e amargurada; noutras vezes é puro desleixo, sem complexo de culpa, desaforado, como na caricatura de um Gonçalves Dias nu pelo desvão da cozinha.

Jozias Benedicto é filho desses purgatórios solares da beleza e do caos. Sem cerimônia, desembarca neste livro com seus poemas de armadura e purpurina. Como um trovador andrógino, consegue espremer o suor que escorre da alma que há no sexo. Qual Lou Reed em *Walk on the wild side*, prefere pisar o lado selvagem da calçada. A poesia agradece.

erotiscências & embustes

O memorioso

Essas lembranças não eram simples;
cada imagem visual estava ligada às sensações musculares, térmicas etc.
Podia reconstruir todos os sonhos, todos os entressonhos.

Jorge Luis Borges, *Funes, o memorioso*, em *Ficções*

Eles vêm só à noite, quando eu sonho.
Deitam na cama, me abraçam, me beijam
na boca, gozam no meu peito, mijam
em mim — tanta coisa que me envergonho.

Alguns já morreram, outros sumiram,
nem lembro mais nome sexo endereço,
mas agora invadem meu sonho espesso.
Sua matéria: memórias, delírio.

Eu volto ao passado e nele cravo
âncoras para trazê-los pro meu leito
todos eles, de quem serei escravo

pra sempre; embora hoje monogâmico,
a minha memória, senhor, é feito
um depósito de lixo — atômico.

Embustes

Ah como eu amo escrever estes sonetos estapafúrdios,
métrica capenga, rimas atrozes —
sonetos e ardis que faço
para esquartejar a ultima flor do Lácio.

Erotiscências I

no quarto no escuro
nossas línguas se entrelaçam
súbito morder

Azulejos de São Luís I

<table>
<tr><td>POLÍTICA
PO É TICA</td><td>PO É TICA
POLÍTICA</td><td>POLÍTICA
PO É TICA</td></tr>
<tr><td>PO É TICA
POLÍTICA</td><td>POLÍTICA
PO É TICA</td><td>PO É TICA
POLÍTICA</td></tr>
<tr><td>POLÍTICA
PO É TICA</td><td>PO É TICA
POLÍTICA</td><td>POLÍTICA
PO É TICA</td></tr>
</table>

A máquina de poesia I (um soneto aleatório)[1]

Quem carrega o mundo em sua frente
Vivendo o dia a dia do fracasso
"Não renunciarei", disse michel —
Um dia sem desenho nem poesia

Não sinto frio, fome nem desejo
Espelho áspero, maciez tântrica
Desaprendi a rezar & a dançar
Um dia depois do outro & um

Hoje a poesia me abandonou
Embora a boca árida se feche
São tantos & uns tão desesperados

[1] Em "*A máquina de poesia: 999 dias/999 versos/999 desenhos*", me propus a, durante 999 dias —iniciando em 17.05.2017 —, cada dia ocupar uma página de um pequeno caderno, fazendo um desenho e escrevendo um verso (um decassílabo). Em 08.12.2018, dia em que já completei 578 versos e 578 desenhos, selecionei aleatoriamente 14 destes versos para compor com eles este soneto — sem levar em conta rima nem sentido — e um sentido se formou. Datas dos versos deste soneto: 16.11.2018, 29.07.2018, 20.05.2017, 25.07.2017, 31.10.2017, 13.05.2018, 11.02.2018, 03.11.2017, 09.10.2017, 31.05.2017, 15.09.2018, 02.07.2018, 26.08.2017, 02.10.2018.

Meio ano já, meia vida nunca
Só palavras, umas depois das outras
Ora direis, ouvir estrelas: não.

Erotiscências II *(Long tall Sally)*

— no escuro —

Mesmo as luzes todas acesas
eu tive medo de apagar as luzes e você ter medo
do escuro
de mim
e sair correndo
com tuas pernas longas
brancas
fugindo de mim para sempre

eu tinha vinte e poucos anos
você outros tantos dezoito dezenove vinte e um quando muito
se tanto
você tinha vindo de um massachusetts qualquer e lá te esperava
teu namorado
você dizia e eu não acreditava
não entendia
como esta menina está há quase um ano no brasil
estudando os tais poetas românticos brasileiros
e tem um tal de um namorado
esperando ela esse tempo todo nesse tal de massachusetts

mas a gente se beijava e se beijava assim mesmo
e era um tempo em que todos
fumavam muita maconha e eu morava sozinho
em um apartamento alugado
um apartamento em um prédio antigo
sem garagem
sem porteiro
sem elevador
as paredes da cozinha com azulejos baratos e só até a metade
mas do azulejo ao teto o proprietário
tinha pintado a parede de azul
a.z.u.l
um azul-cobalto bem
saturado
e a primeira coisa que eu fiz quando entrei no apartamento foi
pintar nuvens brancas
com guache
sobre o
azul

naquela noite não apaguei a luz e começamos a nos beijar
na cozinha mesmo
eu fazia um chá para você e apertava mais um
e você falava o tempo todo do tal namorado
o de massachusetts
e eu
eu

o chá e as nuvens e um céu que não era meu
transbordando na cozinha

e eu
eu
eu gozei na tua boca gozei muito para afogar o tal cara

Erotiscências III (canção do tamoio)

E não chores, minha filha;
não chores que a vida
é luta renhida, é uma merda, só canseira e briga e luto e pouco gozo
pouco prazer.

A vida é combate
neste campo de batalha como o em que estamos agora, você e eu,
suados
no escuro da cozinha
com nuvens brancas pintadas nas paredes azuis
como em um céu enclausurado,
viver é lutar,
você é forte e enquanto me beija fala o tempo todo
que não devia estar traindo
o teu namorado,
noivo,
marido, sei eu lá o que.

Eu sou fraco e digo então está bem, a gente interrompe
para
trava
bloqueia
paralisa
encerra
o que não devia nem ter começado.

Faço eu agora um novo chá de erva-cidreira
e vamos os dois ver um filme na TV
e fumar o que esmeradamente fabriquei,

mas você me morde e me aperta e diz sim sim sim

você: sim

eu:
os fortes, os bravos,
só pode
exaltar.

Erotiscências IV (*Sally can't dance*)

& tudo correu como eu já sabia & eu disse pra ele desde o primeiro dia que eu tinha um noivo & que amava meu noivo & que era fiel a ele mesmo ele estando lá no frio massachusetts & eu aqui neste quente rio de janeiro & os poetas românticos & mostrei minha aliança de ouro & mostrei a foto do meu noivo vestido com o uniforme do time de rugby & mesmo assim ele não tirava os olhos de mim & eu dele & também bebemos muito & fumamos muito & começamos a nos beijar & eu sempre dava um jeito de ir embora

& até que naquela noite eu achei que ia ter mais gente na casa dele & ele fez cara de sonso & disse "poxa, o pessoal está demorando" & até que eu vi que era uma armadilha & eu era um ratinho & eu podia fugir? sim, podia,

mas não fugi

& ele gozou na minha boca & depois me preencheu toda com o seu pau grande de latino ladino & eu & sim & eu & o gozo dele todo dentro me invadindo & eu & sim & eu como se dançasse possuída de prazer & sim & ele & eu & sim

sim

Meu primeiro livro chega da gráfica

2013

O poeta é um fingidor.
O poeta mente muito.
O poeta mente muito, mas não tanto quanto gostaria.
O livro é de contos, não é de poemas.
O livro é de poemas, não é de contos.
O livro não é nem de contos nem de poemas, é de desesperos.

Com uma faca rasgo o pacote de papel pardo e vejo brotar do escuro dos embrulhos que atravessaram mares: o meu livro.

Não existem mais tipógrafos nem clichês de chumbo nem linotipistas nem estafetas, a caixa com os livros chegou à minha portaria trazida por um motoboy que ainda não sabe que vai morrer, morrem quatro por dia só na cidade de São Paulo e fui checar na internet e o google responde, agora já são cinco motoboys mortos por dia.

E os poemas,
como grilos cantantes,
centenas,
milhares,
pulam das páginas e invadem, assassinos saltitantes, o meu dia.

Valongo I (Trem da Central)[2]

Do alto, olho o mar — doido no espaço
brinca o luar —, a manhã se faz dia
trazendo pessoas e seu fracasso
apertadas suadas em jaula fria.

Trem da Central, novo navio negreiro.
Cidade que engole desejo e sonho,
vomita mortos-vivos no atoleiro,
que ali se estreitam num abraço insano.

Século XXI, ainda escravos
sonolentos, nos trens, batendo ponto.
Valongo, Centro do Rio, mercado

de corpos e almas mudos, sem voz
para resistir, inútil confronto.
Hoje os escravos somos todos nós.

---

[2] Da série dos sonetos sobre escravidões contemporâneas inspirados no poema de Castro Alves *O navio negreiro*.

Erotiscências V (a ministra)

Ela disse: "não é a política
que vai mudar esta nação,
é a igreja".

Ele só pensou, mas não disse: "cala a boca e chupa, filha da puta".

Erotiscências VI (o ministro)

Ele disse: “Me senti na obrigação
de defender a honra
do Supremo”.

Ela só pensou, mas não disse: “cala a boca e mete, filho da puta”.

Santa Luzia (retinopatia hipertensiva)

dezembro de 2018

Dezembro
dia treze
dia de Santa
Luzia.

Duas gotas
uma no olho direito outra no esquerdo.

De novo duas gotas
uma no direito outra no esquerdo.

"Agora o senhor aguarde, por favor,
o Doutor já vai lhe atender"

E a luz do dia de outono quase verão
invade minhas pupilas exageradas
meu crânio
meu corpo inteiro
a luz de outono que entra pela janela me ofusca
me derrete
me nocauteia.

A luz da lanterna do médico é como um soco lento em cada olho
me nocauteia de novo
me dissolve
me desintegra
me mata.

A voz dele é firme e fria:

"Senhor,
a escuridão que está tomando conta do Brasil
em breve vai nos invadir,
ao senhor e a todos nós"

Volto tateando pelas pedras portuguesas
ouvindo cada buzina como um canivete aberto frio
em minha jugular,
o caminho de casa é longo no escuro que já se alastra.

Santa Luzia, rogai.

Autorretrato 3 por 4

(adolescentepoema
quatro versos
sem rima
nem métrica

um retrato
trêsporquatro
adolescentes
embustes

um caderno
poemas datilografados em noites insones
depois anos e anos e anos até
o fogo:)

olho esquerdo inquisidor
o direito, acolhedor
orelhudo, surdo, mudo
ante a vida ante tudo

(um pequeno poema queimado para sempre em um incêndio
e recuperado no meio das trevas de um sonho:

o sonho dos monstros produz

razão)

Uma fábula

Era uma vez.

Tive um analista
que repetia
e repetia
repetia:
“Por que as pessoas só querem plantar arroz
em terreno onde não nasce arroz?”

Penso em minha vida e vejo isso,
sempre isso:
arroz
em terreno
onde não
nasce
arroz.

Mas afinal estou vivo, com arroz ou sem arroz.

E ele, o analista,
já morreu há muito tempo,
já não deve mais nem ter carne nem pele nem ossos no caixão dele,
muito menos
arroz.

Erotiscências VII (impenetrabilidades)

2013

Penso em: vencer o tempo.
E o espaço.
A distância,
reduzi-la a zero.
Aquela lei da física
— é a primeira ou a segunda lei daquele tal de newton? —,
dois corpos não podem ocupar o mesmo lugar no espaço,
para mim, para nós, é pura bobagem.
Podemos sim, ser um,
um universo infinito.
Digo estas coisas de forma meio
atabalhoada
confusa
olhos úmidos
(bêbado).

Você apenas
sorri.

Talvez, talvez,
talvez seja possível, um dia,
esta impossibilidade.

Também sorrio, e mudo de assunto.

Chove.

Em Berlim

Chego em Berlin e na minha cabeça começa a tocar uma música,
um Lou Reed dos anos setenta que termina em gritos. Lá fora,
neve, uma nevezinha rala mas enfim é neve,
Lou Reed grita em minha cabeça e lá fora tudo se congela.
Saí do Rio em um verão daqueles absurdos,
e tenho medo de também congelar, apesar dos casacos,
ou me dividir em dois ou em milhares de fragmentos.

É minha primeira vez em Berlim, e logo neste inverno.

O avião estaciona longe,
ou o aeroporto de Berlim é tão pequeno
que não tem *fingers* suficientes,
e me sinto em um aeroporto de uma cidade pequena do Brasil,
uma Floripa talvez.

Tremo de frio ao sair do avião e entrar no ônibus,
e depois ao seguir no ônibus até o terminal do aeroporto;
mais frio ainda ao sair do terminal com as malas para pegar um táxi.

O motorista não entende, ou finge que não entende, meu inglês.
Pergunta se a Dresdener Strasse é em Berlim.
Para onde ele quer me levar?
Mostro o endereço completo impresso no *e-mail*

que recebi com as confirmações
e ele enfim entende ou finge que entende.

A musica do Lou Reed não para de tocar em minha cabeça.

Em Berlim.

Cidade estranha, penso enquanto o táxi passa por ruas estranhas.
Parece uma grande cidade pequena.
Ruas largas, jeito de coisas recém-construídas,
como cidades americanas,
e ao mesmo tempo imensos quarteirões de prédios velhos.
Claro, ela foi destruída, esquartejada, dividida e reconstruída,
e ao reerguer fizeram as ruas largas
como a de uma cidade sem passado.
Não parece que estou na Europa, é meio um Denver
ou uma Sorocaba.

Lou Reed em minha cabeça.

Eu tive trinta, quarenta anos para entender as letras
do que o Lou Reed cantava,
para entender o que o Bowie cantava sobre Berlim,
mas fui adiando,
adiando,
e agora estou aqui nesta cidade de ruas amplas que se cruzam suaves
como uma Curitiba, só que com neve, um pouco de neve, não muita,
mas muito frio,
e o Lou Reed explode em minha cabeça,
me explica Berlim,
porém eu não entendo nada do que ele diz.

O motorista descobre o endereço e me joga aqui,
em uma calçada qualquer,
em uma rua larga, deserta e banal,
como uma pílula de placebo,
como um jogo de paciência que se tranca —
então isso é Berlim?

Aperto os números do interfone,
tenho medo de ninguém atender e eu morrer congelado aqui
do lado de fora
como um pária,
um proscrito,
um exilado,
um nada,
mas a porta afinal se abre,
a porta é pesada e se abre para um pátio interno
como nas cidades medievais, penso,
foi tudo reconstruído, penso,
penso que eu também vou me reconstruir
aqui
após eu também ter sido

es   quar

          te

ja   do.

Valongo II (barco de refugiados)[3]

As portas e os mares já estão fechados
com lutas insanas. Trilhas de sangue
no mapa-múndi dos refugiados
escrito em dor que só a morte extingue.

Por que foges assim, barco ligeiro?
O peso que carregas é tamanho,
se naufragas, já não és o primeiro
a levar pro fundo tua carga humana:

homens, mulheres, crianças — fugindo
da guerra, da morte, a paz buscando
no exílio; mas num barco submergindo

no frio mar; a foice veio célere
ceifar quem nada vale, existindo:
uma praia coberta de cadáveres.

[3] Da série dos sonetos sobre escravidões contemporâneas inspirados no poema de Castro Alves *O navio negreiro*.

Erotiscências VIII (o pacto)

Era
uma vez,
nós estávamos tão apaixonados
um
pelo outro
que não víamos mais nada ou ninguém
fora de nosso aconchegante ninho.

Tudo de fora nos parecia
estranho
enganoso
traiçoeiro
embuste
espinho de cacto
areia movediça
sombras
carvão
cinzas
pó.

Era uma vez
e estávamos tão apaixonados que resolvemos morrer juntos.

Eu, engenheiro, comprei o veneno
chumbinho,

um embrulho mal feito em papel pardo
sem nome, marca ou indicação de origem,
em uma banca de camelô no Largo da Carioca.

Ela, que escrevia bem,
afinal trabalhava em um grande jornal,
no inculto caderno de cultura,
redigiu os dois bilhetes de despedida,
lindas obras-primas de metáforas
metonímias
antonomásias
e outras figuras da linguagem que eu nem sei nomear.

No dia marcado chegamos mais cedo do trabalho,
fizemos amor,
tomamos um banho demorado,
juntos na banheira de hidromassagem
que usávamos tão pouco.
Desligamos o telefone,
um jazz,
um vinho
e o chumbinho.

Enquanto ela revisava e revisava os tais dois bilhetes:
"Espera um pouco, meu amor,
já vou,
ainda não estou satisfeita com os textos",
eu acabei bebendo sozinho a garrafa inteira
do vinho
sem chumbinho
e dormi.

No dia seguinte deu praia
e estamos vivos,
mas não somos mais um casal.

Ainda continuamos amigos,
“melhores amigos”, ela diz,
e sou padrinho do filho mais velho dela com o editor
do caderno de cultura,
um sagitário,
o único que consegue conviver numa boa
com o perfeccionismo dela de virginiana.

A máquina de poesia II (um soneto dos feriados)[4]

Me embebedar do vinho que me mata
Sonho com serpentes dentro de mim
Meu medo, medo, medo, medo, medo
Fotos antigas, desespero mudo

Navegando na fresta do possível
Se eu fosse um enigma sem solução
No jardim, rosas & plantas carnívoras
Uma estrada sem começo nem fim

A mesma máscara negra, mais nada
Hologramas, hibiscos & helicópteros
E tudo isso se esvai na fumaça

---

[4] Em "*A máquina de poesia: 999 dias/999 versos/999 desenhos*", me propus a, durante 999 dias — iniciando em 17.05.2017 —, cada dia ocupar uma página de um pequeno caderno, fazendo um desenho e escrevendo um verso (um decassílabo). Este soneto foi composto selecionando 14 destes versos, feitos cada um deles em um dos 14 feriados da cidade do Rio de Janeiro entre 12.10.2017 e 01.05.2018. Datas dos versos: 12.10.2017 (Nossa Senhora Aparecida), 02.11.2017 (Finados), 15.11.2017 (Proclamação da República), 20.11.2017 (Consciência Negra), 25.12.2017 (Natal), 01.01.2018 (Confraternização Universal), 13.02.2018 (Carnaval), 14.02.2018 (Cinzas), 30.03.2018 (Sexta-feira Santa), 21.04.2018 (Tiradentes), 23.04.2018 (São Jorge), 01.05.2018 (Trabalho).

Talvez morrer, deixar tudo inconcluso
Um poema escrito em sangue em meu peito
Áridas montanhas de um país qualquer

Erotiscências IX (trocar de corpo)

Vamos trocar de corpo por um dia?
Sou um cara alto, sarado,
ótimo nível, esportista,
inteligente,
bonito.

Curto demais a brincadeira de
trocar de corpo.
Imagina que legal seria se eu pudesse ser você
e você pudesse ser eu.

Imagina que delícia
você poder se tocar usando meu corpo
e eu poder me tocar
usando o teu corpo.

Imagina que gostoso
saber como uma outra pessoa
sente o prazer,
sentir como uma outra pessoa
vive o prazer.

HOTMEAT é o meu *nickname* para bater papo.

Idade: 27
Posição: Versátil
Altura: 182 cm
Etnia: Branco
Cabelos: Castanhos claros
Olhos: Verdes
Pênis: 27cm x 17cm (circuncidado)
Disponibilidade: Pergunte-me
Status de *HIV*: Pergunte-me

Preferências:
A dois, a três, orgias, punheta, couro, S&M, *bondage*, *watersports*, voyeurismo, *role playing*, exibicionismo, mamilos, amizade, só sexo seguro, *bareback*, sem drogas, *video chat*, casados, solteiros, massagens, sem compromisso, procura relacionamento

Mensagem:
Ao final de tudo você vai ser eu e eu vou ser você.
Aceito todos os cartões.

Volta ao lar

A forte luminosidade,
o calor,
o cheiro de melado de cana,
o murmurejo do vento quente nos pés de cana,
o sol.

Apertar os olhos para fugir da luminosidade e lembrar.

Esquecer.

Ao longe um ronco de um carro,
um caminhão,
um carro de som anunciando ovos de galinha caipira,
bagos de jaca,
pimenta malagueta,
melancia,
doce de casca de laranja,
pão quentinho.
Será que eu ouço isso tudo ou estou só rememorando?

Aos poucos deixar a estrada principal,
três pistas,
rodovia com pedágios,

e entrar em uma estradinha secundária,
margeando os trilhos da ferrovia desativada
onde o prefeito prometeu construir uma área de lazer
e nada prosperou —
a verba talvez já esteja em uma piscina na sua chácara
ou em uma 4x4 em sua garagem.

Deixar a estrada ao longe,
a cidade grande ao longe
e sentir de novo o cheiro de melado,
o vento quente,
o sol em meus olhos, em meu rosto, em minha pele
sem proteção nenhuma,
o barulho do trem que ainda sobrevive como um fantasma,
os cachorros sem dono,
as moscas,
o tempo parado.

Abrir os olhos.

Azulejos de São Luís II

vagem vagina virgem

vagina virgem vagem

virgem vagem vagina

Erotiscências X (alô, Molly Bloom)

e eu que adoro flores
adoraria ter a casa toda nadando em rosas,
meu Deus do céu!

— mentirosa, mentirosa, as rosas são desculpa,
você só quer gozar!

As formigas I

Vou ao banheiro e quando acendo a luz elas ficam como loucas,
sobem-descem em zigue-zague as paredes, vagueiam pelo chão,
muitas em perigosas escaladas por minhas pernas,
usam o vaso como um atalho
uma trilha
e seguem direto para meu ventre, minhas coxas, meus cabelos.

Sinto o roçar de seus corpos ruivos translúcidos
em minha coluna vertebral.
Levanto, piso em várias delas,
outras aniquilo com socos sobre os azulejos.
Arranco com raiva as que de meus pelos fazem uma estrada
levando matéria prima para seus ninhos,
estas terão morte a mais inglória possível.

Quanto mais delas eu mato,
outros batalhões de insetos-soldados surgem das trevas das frestas
dos alizares e dos rejuntes.
Ligo a água quente no máximo
e no chuveiro fervente esmago dezenas, centenas.

Fecho a porta do banheiro e no escuro dos ladrilhos
deixo os despojos de uma guerra.

Abro de novo a porta e os cadáveres crescem.
Incham.
Não são insetos, são ratos, são cães, são bichos imensos,
são gente.

Tranco a porta.

Mais tarde, abro de novo a porta do banheiro.
Tudo limpo
imaculado.

Não durmo o resto da noite procurando algum sinal
das formigas,
algum vestígio, um só, que me garanta minha lucidez.

As formigas II

Elas vivem no escuro, como os sonhos
Elas vivem na umidade, como os desejos
Elas vivem nas adversidades, como as esperanças
Elas vivem nas ausências e nelas crescem e se reproduzem
Mais tarde, abro de novo a porta do banheiro e são muitas mais
Cresceram e se reproduziram e cresceram e se multiplicaram
e crescerão mais e
os cadáveres das que eu exterminei pensando ser vencedor
Incharam
Se agigantaram
Múmias sobre a cerâmica do chão do banheiro
Cadáveres que transformam meu prosaico banheiro de um
humilde apartamento
na zona sul do rio
Em milenar pirâmide
Múmias divinas
Agora resplandecem
Transfiguradas
O gosto da morte transformou as formigas em deuses
e a mim em um cretino
Um insensível
Um assassino

Fecho o banheiro
Tento seguir seu rastro

De onde vêm? Onde fizeram sua morada?
Eu, estrangeiro em meu próprio espaço mais íntimo
Refém inconteste destes pequenos seres
que se reproduzem à velocidade do som
Que me vencem me dominam à velocidade da luz
Extraterrestres conquistadores
Que vieram
Após dominar meu banheiro
Decretar a morte eterna do capitalismo imperialista

Erotiscências XI

E olha que ele dormia
e eu dormia também
e olha que ele gozava
e eu sim eu sim eu sim

O futuro

15 de dezembro de 1995

E se um cão leproso me cheirasse a roupa
me beijasse a boca
me mordesse e lambesse até sangrar e sangrar

Se um bonde esmagasse minha perna esquerda

Se minha casa queimasse com tudo o que há dentro
fotos cartas livros quadros discos
queimasse até as cinzas e o vento as espalhasse

Se minha única cama fosse uma calçada no meio dos bêbados
e do lixo dos restaurantes
se o único perfume que eu sentisse fosse o cheiro de azedo
do lixo dos restaurantes
se eu não tivesse mais pouso nem rumo nem norte nem telefone

Sem família sem amigos sem amores sem metas

Se nem meus gatos me reconhecessem mais

Se minha pele fosse pústulas meu cabelo caísse
meus neurônios atrofiassem
meu hálito trouxesse morte

meu destino fosse o nada
e minhas lágrimas nunca conseguissem secar

Se eu não conseguisse mais nem atravessar uma rua

nem disputar com os mendigos o resto de comida azeda
nem a cachaça

meus livros (cinza) meu futuro (cinza) negro

pulgas carrapatos chatos piolhos escaras catarro
sangue contaminado:

meu futuro

Erotiscências XII

Ela era louca para dar pra mim
Isso foi quando eu resolvi, como se dizia, "topar todas"
Naquela época era elegante, isso de dizer "sou bi"
Os antigos ironizariam: "gilete", "barca da cantareira"
mas essa nova etiqueta
nos trazia um ar de modernidade.

Aí eu saía com ela e comia ela,
mas a coisa que eu mais gostava mesmo era de lamber
a boceta dela
Ela ficava de pernas abertas gemendo
e eu com a língua indo e vindo
e ela molhada como uma cascata de néctar,
a boceta aberta como uma begônia
Eu acariciava c a l m a m e n t e os bicos dos peitos dela
e com minha língua
eu brincava com aquela pequena arma que brotava
Como se fosse o pistilo da flor
Como se fosse um rabo de uma salamandra
Eu brincava com isso tudo com minha língua
e depois depois gozava
Depois a gente se virava um pra cada lado
Era hora de pagar o motel, pegar o carro e ir embora
Ela queria ficar mais e eu sempre dizia que amanhã tinha que

trabalhar bem cedo,
mas eu ainda passava na Via Ápia e chupava um pau
e gozava de novo mais uma vez.

Tempo bom, eu era jovem. Ela morreu de um acidente de carro,
atropelada por uma kombi sem freio na Rua da Estrela,
perto do Catumbi
(e eu ainda nem tinha lido Clarice)
Morreu como uma flor sem regas ou uma estrela cadente.

Erotiscências XIII

Eu era louca para dar pra ele.
Eu, bem morena, o que chamavam cor de jambo,
faculdade com bolsa integral, muito calor na condução, o medo.
Ele um bem branco filhinho de papai, mas muito gostosinho.
Eu sabia tudo o que ia acontecer.
Eu ia morrer cedo.
Ele ia virar viado.
Eu sabia de tudo, mas naquele momento o que eu queria era
levar ele para aquele motel,
o ar condicionado ligado,
os espelhos,
a cama redonda,
hidromassagem,
Roberto Carlos tocando baixinho.
Fazer ele me lamber toda.
Fazer ele sentir todo o gosto do meu suor e da minha seiva,
do meu mel.
E depois fazer ele me comer com aquela pica branca
de filhinho de papai,
de garotinho careta,
de playboyzinho babaca.

O saco cor-de-rosa como uma flor de maio
no altar de Nossa Senhora.

Eu nem me importo com mais nada,
pois sei que vou morrer mesmo, daqui a poucos meses,
nem chega a um ano.
Nem termino a faculdade.
Não me importo com mais nada.
Nada.
Mas é bom enquanto estou viva chupar aquela pica dele
sempre dura.
Ele é jovem,
eu também.
Ele vai viver muito. Eu não, eu sei.
Mas aquele viadinho nunca vai esquecer do meu mel,
mesmo quando estiver todo engasgado em leite.

Valongo III (o machismo)[5]

Lugar de mulher sempre na cozinha.
Homem não chora nem foge da luta.
Rapaz vaidoso é sempre bichinha,
moça de saia curta é sempre puta.

Briga de marido e mulher: normal,
espancador sempre tem seus motivos,
alguma coisa a mulher mereceu,
melhor não denunciar os abusivos.

E ri-se a orquestra irônica, estridente.
São mulheres desgraçadas, com filhos
e algemas no braços, qual serpentes.

Míseros, combatem na solidão,
escravos também os homens, espelhos.
O machismo é uma escravidão.

[5] Da série dos sonetos sobre escravidões contemporâneas inspirados no poema de Castro Alves *O navio negreiro*.

Erotiscências XIV (as moças)

Todos os dias Maria
Rindo, cruzava com Vera.
Vera que nunca sorria,
A outra sempre na espera.

Quem vai quebrar este gelo,
Quem vai convidar a amiga
Para um passeio no Aterro,
Quem inicia a intriga?

Todos os dias a Vera
Braços dados com Maria.
A paixão se resolvera.
Todos os dias, um dia.

Beijos, carícias, ciúmes,
Orgasmos, brigas, queixumes,
Menstruações atrasadas,
Traições desesperadas.

Um ex-marido presente,
Facas, socos, gritaria,
Um mundo intolerante.
Mortas Vera e Maria.

Erotiscências XV (o ex-)

& ela me disse que estava tudo acabado entre nós
& saiu de casa e foi morar com uma amiga
& a amiga era meio machona
& todos comentavam,
& eu respondia que ela tinha pedido um tempo
& que eram as duas só amigas
& aí ela me falou que estava grávida de mim
& que tinha sido numa daquelas nossas despedidas
& eu falei: quer tirar?
& ela respondeu que não, que ia ter o filho
& que ia ser criado por elas, as duas, ela
& a amiga
& que não queria nada meu pro nosso filho, nem o nome
& que o nosso filho ia ser registrado no nome das duas, ela
& a amiga
& eu peguei um facão que uso no açougue
& fui bater na porta da casa das duas
& gritei, sai daí sua desgramada, sua fanchona, vem falar comigo
& vieram as duas de mãos dadas
& a barriga dela já estava crescendo
& eu tomei satisfações
& começou a gritaria
& nem sei direito o que aconteceu, só vi o sangue
& a vista escureceu
& mais nada

Escrito na pedra

Escrevi teu nome na pedra bruta
achando que assim ia ser pra sempre:
a profecia que nunca se cumpre,
a dor no braço ou perna que se amputa.

Escrevi teu nome no céu sem nuvens,
veio o temporal, a seca, a morte.
Busquei abrigo: em meus livros, na arte,
no amor e no sexo fugaz dos jovens.

Vejo a pedra — lá não está mais teu nome,
nem no céu — somente em minha memória,
neste fogo que ainda me consome

e vou levar pro túmulo, sem alarme
— oh morte!, onde está tua vitória? —,
escrito na pele qual carcinoma.

Ouvindo *Einstein on the beach*

1.

Imagine uma praia

2.

Imagine eu
e você,
sentados,
olhando o mar lento em suas ondas,
há um pouco de vento pois é final da tarde,
já o sol se foi e com ele foi também a multidão na praia,
não é nem verão, mas a praia fica imensamente cheia
pois todos querem se divertir e eu e você também,
mas agora estamos só os dois,
quase podemos pensar que estamos sozinhos,
as outras poucas pessoas estão longe
e também quase fazem silêncio e

3.

Imagine que eu segure tua mão e diga que te amo,
que é muito bom estar do teu lado,
que vamos vencer tudo e vamos ficar juntos pra sempre,

que como o mar não deixa de encher e vazar e vazar e encher
nós dois estaremos juntos pra sempre e

4.

Imagine que naquele tempo eu era jovem e achava
que tinha pleno controle do "pra sempre"

5.

Imagine um mar agora revolto

6.

Imagine um mundo sem certezas
e imagine que o "pra sempre" se acabou

7.

Imagine aquela praia, que era nossa,
e a dor imensa dentro de mim, que é só minha

8.

Imagine esta dor imensa dentro de mim,
você que não sente mais dor

9.

Imagine que a cada dia depois do dia em que você foi embora,
a cada dia,

a cada dia,
a cada dia a cicatriz parece que cura a ferida
mas de vez em quando se abre
e deixa exposta a dor a dor a dor

10.

Imagine aquelas músicas todas que eram pra se ouvir chorando,
e que a gente chorava e gritava e dançava e se beijava
e estávamos juntos e chorávamos juntos
e o mundo era nosso e não tínhamos medo
pois até a dor era a NOSSA dor

11.

Agora imagine que se eu hoje chorar eu choro sozinho
e a minha dor passou a ser tão somente isso:
a MINHA dor

12.

Por mais que eu não esteja mais sozinho,
por mais que eu tenha novas dores e novos chorar
e dançar e beijar,
são isso: novos,
e a memória arde como uma pele muito fina
que descasca depois de horas exposta ao sol,
ainda não é verão mas o sol é intenso,
o vento cada vez mais cortante,
o mar irrequieto,
e seguramos a mão um do outro,

nos beijamos
e achávamos que éramos donos do "pra sempre"

13.

Arde, dói, a memória daquela praia
onde eu estava com você "pra sempre"
e a mentira daquele "pra sempre"

14.

A foice

15.

Imagine tantas outras praias onde eu estive depois daquela,
tantos outros mares tranquilos ou revoltos,
tantas outras esperanças,
tantos outros recomeços

16.

Imagine que eu sou feliz,
que não tenho motivo nenhum para duvidar disso,
nenhum,
que o que passou, passou
e não movem moinhos
e pra frente é que se anda e

17.

Imagine que eu consegui refazer tudo
e que hoje sou quase feliz e

18.

E então por que é que eu choro ao ouvir esta música tão idiota?

A máquina de poesia III (a seta do tempo)[6]

Estranhamentos & erotiscências
Ah eu quero essa carícia sem dono
Borboletas que pousam sobre mim
Neste jardim onde eu me perco & acho

A língua arrancada, os olhos furados
Aonde leva esta loucura mansa?
Um abismo ou um beco sem saída?
Depois de tudo, ainda nasce o sol

Muitas certezas & poucas vontades
Tempo que se conta nas tatuagens
Meus versos que se dissolvem na chuva

---

[6] Em "*A máquina de poesia: 999 dias/999 versos/999 desenhos*", me propus a, durante 999 dias —iniciando em 17.05.2017 —, cada dia ocupar uma página de um pequeno caderno, fazendo um desenho e escrevendo um verso (um decassílabo). Em 11.12.2018 montei este soneto que "inverte" a "seta do tempo" selecionando os 14 versos a partir do verso do dia 11.12 "pulando" em dias alternados na direção cronológica inversa — também sem levar em conta rima nem sentido, mas um sentido mesmo que ilusório ou enganoso se faz a partir do estranhamento. Datas dos versos: 11.12.2018, 09.12.2018, 07.12.2018, 05.12.2018; 03.12.2018, 01.12.2018, 29.11.2018, 27.11.2018; 25.11.2018, 23.11.2018, 21.11.2018; 19.11.2018, 17.11.2018, 15.11.2018.

Um barco & um mar, um lago & uma lágrima
O amor, este sentimento burguês
Desejos perdidos, quem os perdeu?

Erotiscências XVI (o posfácio)

Ah eu quero
essa carícia
sem dono

agradecimentos

Ao Cristiano, em todo o tempo. Às minhas irmãs, Lucia e Lydia. *In memoriam*, aos meus pais, Antonio e Genu, e ao Sebastian.

Ao poeta Félix Alberto Lima, pela generosidade na leitura e na escrita do prefácio. Ao escritor Jacques Fux, por me apresentar ao OuLiPo e a Georges Perec. Aos poetas Lucas Viriato e Domingos Guimaraens, pelos exercícios que se transformaram em poemas. À escritora Elvira Vigna, *in memoriam*, pelas trocas. À Editora Urutau, por acreditar.

E aos leitores, para os quais nunca é demais repetir: é tudo ficção.

■ primeira edição
■ maio de 2019